¡Mira! ¡No te lo vas a creer!
Todo está cubierto de nieve:
limpio, blanco, inmaculado.

Pero si te fijas muy pero muy bien
y entrecierras los ojos con disimulo,
podrás ver algo muy chiquitito
pegado en la pata de un banco.

Es un cartel del tamaño de un sello. Y dice así:

El Rey Mugre odia la nieve con todas sus fuerzas.

–Pero ¿por qué? –pregunta Tina, sorprendida.

–Pues porque cubre la basura y lo deja todo reluciente –explica Ro–. Como una gran limpieza general.

–¡La nieve es mucho más que eso! Tenemos que hacer algo para quitar esa prohibición –dice Tina.

–Pero... –suspira Ro.

–¡Nada de peros! Tengo un plan –dice Tina–. Vamos a enseñarle al Rey Mugre lo que es la nieve de verdad.

En el salón del trono del Rey Mugre, todos se tiran de los pelos y sollozan de forma exagerada.

–¡Oh, maldita nieve! –gime Mancha.

–Buaaaaaaaaaa, buaaaaaaaaaa, el blanco me da escalofríos –llora Moho.

El Rey Mugre tirita de los pies
a la cabeza. Le castañean los dientes
y está muy pero que MUY enfadado.

–¡PUAJ! ¡QUÉ ASCO! –exclama.

Entonces, una mano delgada se estira por detrás del Rey Mugre y alza su corona...

La mano y la corona desaparecen. Y, en su lugar, solo queda una nota.

–¿QUIÉN OSA ROBARME MI SAGRADA CORONA? –truena el monarca.

Pringue lee la nota en voz alta:

–Hemos secuestrado tu corona, Rey Mugre. Si quieres recuperarla, ven al lago helado.

–¡AHHHHHHHHHH! ¡TODO EL MUNDO AL LAGO HELADO AHORA MISMO! –chilla el monarca, rabioso.

Los mugres obedecen al instante.

Cuando llegan al lago, descubren un muñeco de nieve justo en el centro. ¡Y lleva puesta una corona!

Tina y Ro están escondidos detrás, aguantándose la risa.

–¡Ahí está la corona, su apestosa majestad! –exclama Grasa.

–¡YA LA HE VISTO! –se desespera el Rey Mugre–. PERO ¿CÓMO NARICES LA COGEMOS?

Tina pone voz grave y responde:

–Si quieres tu corona... ¡tendrás que venir a buscarla!

–¡Es el espíritu de la nieve! –chilla Moho, tapándose los oídos–. ¡El espíritu de la nieve se ha enfadado por el decreto de prohibición!

–¡PATATAS PODRIDAS!
¿QUÉ ESPÍRITU NI QUÉ ESPÍRITU?
–clama el Rey Mugre–. ¡A POR LA CORONA!

En cuanto los mugres pisan el lago helado, se escurren como locos.

Mancha corre con todas sus fuerzas y se da un trompazo, con voltereta incluida.

Pringue y Moho se agarran de las manos para no caerse.

Y el Rey Mugre se sube a la espalda de Grasa... ¡Menuda exhibición!

–¡Mooooola! –exclama el mugre, girando con el rey a cuestas, hasta que recibe un capirotazo.

–¡A POR LA CORONA! –le recuerda el monarca.

Al final, Pringue y Moho
logran llegar hasta el muñeco de nieve,
que se parece sospechosamente
al Rey Mugre.

–¡Ya casi la tenemos, su majestad!
–exclama Moho.

Pero, cuando están a punto de agarrarla, una mano delgada la alza por detrás y la corona vuelve a desaparecer.

–¡MALDITOOOOOOOOOOOS!
–chilla el Rey Mugre.

Otra nota aparece sobre la cabeza del muñeco de nieve. Y dice así:

Todos los mugres se giran a la vez
y allí, a unos metros de la orilla del lago,
descubren otro muñeco de nieve.
¡Y lleva puesta la corona!

El Rey Mugre salta a la espalda de Grasa y se lanza a por ella.

Los demás lo siguen, patinando mucho mejor que al principio.

–La nieve es un asco,
pero el hielo es bastante guay
–confiesa Pringue en voz baja.
Mancha hasta da una pirueta.

En cuanto salen del lago, una bola de nieve se estrella en la barriga de Grasa.

–¡Eh! –grita el mugre, sorprendido–. ¿De dónde ha salido eso?

Tina y Ro, escondidos tras el muñeco, se parten de risa.

La niña coge otra bola y la lanza contra Moho...

–¡El espíritu de la nieve nos ha declarado la guerra! –se sorprende Mancha.

–¡PUES AL ATAQUEEEEEEEEEEE! –ordena el Rey Mugre.

–¡Guerra de bolas! –exclama Ro, apuntando a Pringue desde su escondite.

En un parpadeo, empieza una batalla impresionante. Las bolas de nieve vuelan de aquí para allá...

Una bola se estrella en la cabeza de Grasa y se le queda como un sombrero.

–Menuda pinta –se troncha Mancha al verlo.

–¡Viva la nieve! –exclama Moho, y le tira un bolazo al Rey Mugre.

–¡A MÍ NO, PATÁN!

El monarca le responde con otro lanzamiento y, al darle en plena cara, se le escapa una carcajada.

–¡Su majestad se está riendo! –se sorprende Pringue.

–¿QUÉ? ¿YO? ¡NOOOOO! –responde él, aguantándose la risa.

Tina le guiña un ojo a Ro.

–Tu plan está funcionando –dice el pequeño mugre–. ¡Se están divirtiendo!

–Y queda lo mejor –añade su amiga.

Entonces, Tina alza la corona
y sale de su escondite.

–¡Eh, Rey Mugre! Si quieres tu corona,
¡tendrás que atraparme! –exclama.

El monarca pasa del verde al blanco y luego al rojo más brillante.

–¡TRAICIÓÓÓÓÓÓÓÓÓÓN! –grita desgañitándose.

–Ahora toca escapar –dice Tina, y salta con Ro sobre una corteza de árbol.

La corteza se desliza como un trineo y los dos amigos huyen despavoridos, dejando a los mugres atrás.

–¡Cuidado, Tina! –dice Ro–. ¡Vamos demasiado rápido!

–Nunca es demasiado rápido para un trineo –se ríe la niña.

Doblan a la izquierda,
luego a la derecha,
saltan sobre un montículo de nieve
y escapan a toda velocidad.

¡Pero los mugres
están a punto de alcanzarlos!

Mancha va esquiando
con dos cáscaras de nuez;
Pringue y Grasa se deslizan
sobre otra corteza; Moho va detrás
sentado en una hoja, y el Rey Mugre
parece haber inventado el snowboard
haciendo equilibrios sobre una rama.

–No sé si esto ha sido buena idea, Tina. Cuando nos atrapen, nos la vamos a cargar... –dice Ro con un escalofrío.

–¡Agárrate fuerte para el salto final! –exclama la niña, dirigiendo el trineo hacia una cornisa–. ¡Confía en mí! ¡A volar!

Tina y Ro salen despedidos
y atraviesan el aire hasta llegar
a otro muñeco de nieve gigantesco.

Los mugres no dudan en ir detrás.

–¡Haaaaaaaaaalaaaaaaaaaa! –chillan Pringue y Grasa desde su trineo.

–¡Vivaaaaaaaaaa! –exclama Moho, usando su hoja como paracaídas.

–¡Estoy volandoooooooooo! –grita Mancha con sus esquís.

El Rey Mugre se lanza al vacío con su rama. Al principio parece aterrorizado, pero conforme coge velocidad, una sonrisa se dibuja lentamente en su rostro.

–¡YUJUUUUUUUUUU!
–chilla levantando los brazos–.
¡YUJUUUUUUUUUU!

–¡Eh, eh! ¡Su majestad se está divirtiendo! –lo acusa Moho, aterrizando junto a Tina y Ro.

–¡Y eso va en contra del decreto! –recuerda Pringue.

–¡A LA PORRA EL DECRETO! ¡PROHÍBO EL DECRETO! –chilla el Rey Mugre, contentísimo, derrapando junto a todos los demás–. ¡LA NIEVE ES GENIAAAAAAAAAAL!

Tina y Ro se miran con emoción. ¡Su plan ha sido un éxito!

–Enhorabuena, majestad –sonríe la niña, y le devuelve la corona.

El Rey Mugre se la quita de un manotazo y se la encaja en la cabeza.

–SECUESTRO DE UNA JOYA MUGREAL, ATAQUE CON BOLAS DE NIEVE –enumera, fulminándolos con la mirada–, ATENTADO CONTRA LA CORONA... ¿OS CREÉIS QUE OS VAIS A LIBRAR DE UN CASTIGO?

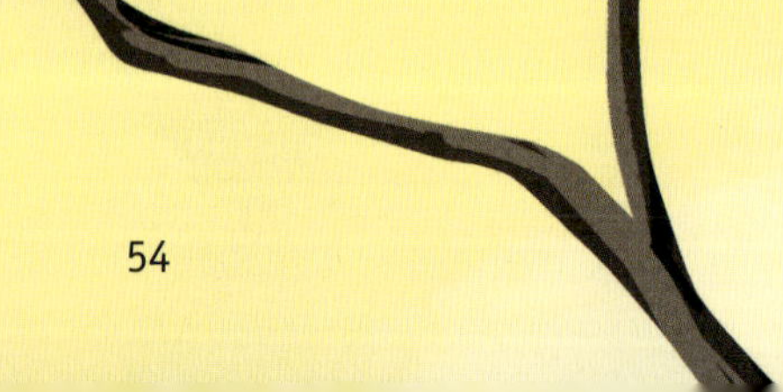

–¿Nos vas a castigar?
–pregunta Ro, encogiéndose.

–¡POR SUPUESTO! OS CONDENO...
–el Rey Mugre se agacha y agarra
un buen puñado de nieve– ¡A JUGAR!

La bola se estrella en la cabeza de Ro y se le queda como un sombrero.

Todos rompen a chillar
y saltan en la nieve, hacen muñecos
y guerras de bolas, esquían y patinan,
ruedan y levantan iglús.

Y luego, por extraño que parezca,
una niña y seis mugres cantan a coro:

EL REY MUGRE ES GENIAL,

CON NOSOTROS JUEGA YA.

EL DECRETO SE ACABÓ.

QUE HAYA RISAS Y EMOCIÓN.

TE CUENTO QUE ALEJANDRO VILLÉN...

... vive en una ciudad de lo más divertida, pero no siempre le gusta el jaleo que se genera en las calles. A veces, le robaría el báculo al Rey Mugre para hacer magia y conseguir algo de silencio. ¡Porque uno también debe descansar de vez en cuando para poder divertirse! Como siempre ha vivido cerca de la playa, sus únicos recuerdos de la nieve son las carreras en trineo y las batallas de bolas de los cómics de Calvin & Hobbes, a las que ha intentado rendir homenaje en este libro.

Alejandro Villén nació en Málaga. De pequeño quería ser zapatero y calvo como su padre, pero acabó dedicándose al dibujo y ondeando su melena al viento. Su espíritu inquieto le ha llevado a trabajar en todos los sectores a su alcance: publicidad, televisión, enseñanza, juegos de mesa, terror, videojuegos, *packaging*, narrativa y libros escolares.

Su estilo está influenciado por los autores que le acompañaron en su infancia, artistas como Cavazzano, Scarpa, Hergé, Morris y Uderzo, de los que admira la honradez de su dibujo y la vida que dan a cada uno de sus personajes.

TE CUENTO QUE PATRICIA GARCÍA-ROJO...

... adora la nieve. De hecho, participó en una gran batalla de bolas de nieve durante un invierno mientras estudiaba. Toda la ciudad se convirtió en un campo de juegos donde niños y adultos tiraban bolas en los parques o desde los balcones. Como ahora vive en la playa, ya no disfruta de los inviernos blancos de su juventud, así que pensó que podría regalarle a los mugres una aventura congelada para que descubriesen con ella la magia de un buen día de nieve.

Patricia García-Rojo nació en Jaén en 1984. Estudió Filología Hispánica y es la autora de la colección *La pandilla de la Lupa*, en la serie naranja de El Barco de Vapor. También ha escrito novelas de aventuras y fantasía, como *El mar*, Premio Gran Angular 2015, o *El verano en que llegaron los lobos*, Premio Gran Angular 2023.